J'apprends à lire avec les Grands Classiques

Fin de CP

Disney

Merlin l'Enchanteur

Isabelle Albertin

hachette
ÉDUCATION

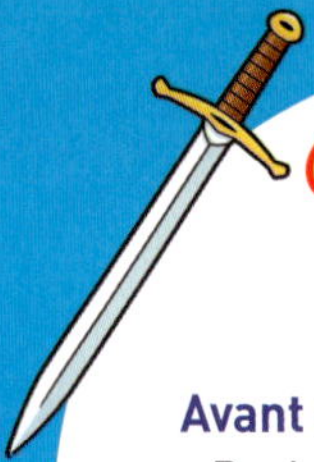

Avec les Grands Classiques Disney, lire est un plaisir !

Avant de lire l'histoire

- Parlez ensemble du titre et de l'illustration en couverture, afin de préparer la compréhension globale de l'histoire.
- Vous pouvez, dans un premier temps, lire l'histoire en entier à votre enfant, pour qu'ensuite il la lise seul.
- Si besoin, proposez les activités de préparation à la lecture aux pages 4 et 5. Elles permettront de déchiffrer les mots les plus difficiles.

Après avoir lu l'histoire

- Parlez ensemble de l'histoire en posant les questions de la page 30 : « As-tu bien compris l'histoire ? »
- Vous pouvez aussi parler ensemble de ses réactions, de son avis, en vous appuyant sur les questions de la page 31 : « Et toi, qu'en penses-tu ? »

Bonne lecture !

Couverture : Sylvie Fécamp
Maquette intérieure : Mélissa Chalot
Mise en pages : Anne Jan
Édition : Emmanuelle Saint

ISBN : 978-2-01-708094-7

Les personnages de l'histoire

Archimède

Arthur, surnommé Moustique

Merlin

Pour préparer la lecture

1. Montre le dessin quand tu entends le son (oi) comme dans roi.

2. Montre le dessin quand tu entends le son (ain) comme dans bain.

   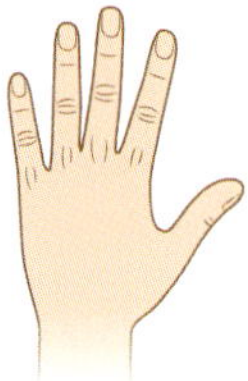

3. Lis ces syllabes.

au gen çon vien chet phe

vai aille plan teau lier

4 Lis ces mots-outils.

est un c'est les et

avec ses des

5 Lis les mots de l'histoire.

un magicien

une sorcière

une épée

Moustique

un chevalier

un château

Au royaume d'Angleterre,
il existe une légende :
celui qui pourra retirer l'épée
de l'enclume deviendra roi.
Jusqu'ici, personne n'a réussi…

Arthur est un jeune orphelin.

Tout le monde le surnomme

Moustique.

Il travaille au service du maître

du château.

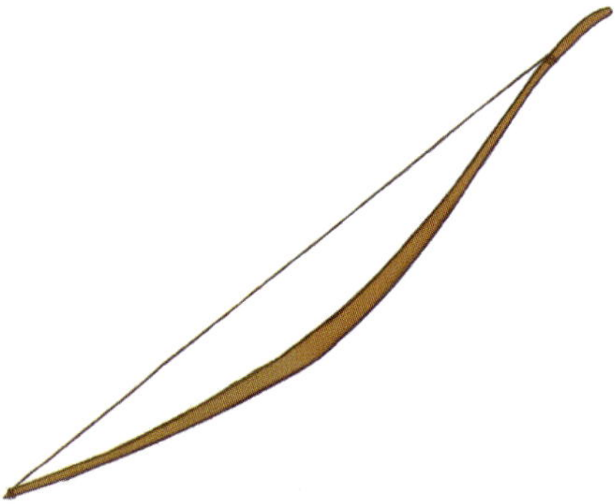

Un jour, Moustique se perd dans la forêt. Il arrive chez  Merlin le magicien, qui vit avec son hibou  Archimède.

Le garçon est émerveillé par les tours de magie de l'enchanteur. Il accepte de devenir son élève.

C'est le jour de la première leçon ! Merlin profère une formule magique... et les voilà tous les deux transformés en poissons. Voici qu'un énorme brochet veut avaler Moustique ! Rusé, il parvient à piéger l'assaillant et à s'échapper.

Moustique doit rentrer au château pour faire ses corvées. Arrivé en retard, Moustique est puni.

C'est alors que Merlin vient lui donner un coup de main magique : voilà le ménage et la vaisselle qui se font tout seuls !

Le soir venu, au château, Moustique est encore puni pour avoir participé aux tours de magie avec Merlin. Pour le consoler, Merlin décide alors de le transformer en petit oiseau, car il rêvait de voler.

Grâce aux conseils du hibou Archimède, l'oiseau Moustique apprend à voler. Soudain, un aigle gigantesque les prend en chasse !

L'oiseau en fuite se réfugie dans une cabane. C'est là que vit une méchante sorcière : Madame Mim. Elle veut lui tordre le cou !

Heureusement, Merlin arrive
à temps. Il propose un combat
de magie à la sorcière.
Les voici qui se transforment,
tour à tour, en divers animaux.
La bataille est serrée...

Merlin a une idée : il se change en microbe et infecte la sorcière qui tombe malade ! Moustique, délivré, peut enfin rentrer au château.

Le jour du grand tournoi des chevaliers est arrivé. Le maître de Moustique va y participer. Mais Moustique a oublié son épée ! Vite, il repère une épée plantée dans une pierre. Il s'en empare et la lui apporte.

Les chevaliers reconnaissent

la fameuse épée de la légende.

Mais ils se moquent

de Moustique, car jamais

personne n'a réussi à l'arracher

de sa pierre.

Ils décident d'aller vérifier

cette étrange affaire.

L'épée est replacée dans

la pierre. Chacun leur tour,

les chevaliers tentent de la sortir,

sans succès. Seul Moustique

parvient à la soulever !

Tous les chevaliers s'inclinent

alors devant le garçon.

Aussitôt, Moustique est proclamé

Arthur, roi d'Angleterre.

« Vive le roi Arthur ! »

Il pourra toujours compter

sur Merlin et Archimède pour

le conseiller…

As-tu bien compris l'histoire ?

1

Que raconte la légende du royaume d'Angleterre ?

2

Qui est le professeur de Moustique ?

3

Chez qui se réfugie Moustique, quand il est un oiseau ?

4

Qui parvient à arracher l'épée de la pierre ?

5

Que devient Moustique, à la fin de l'histoire ?

Et toi, qu'en penses-tu ?

Sais-tu ce qu'est un orphelin ?

Aurais-tu aimé être l'élève de Merlin ?

À ton avis, pourquoi aucun chevalier ne parvient-il à soulever l'épée ?

Si, toi aussi, tu avais une baguette magique, comme Merlin, qu'aimerais-tu faire avec ?

Dans la même collection :

Niveau 1

Début de CP

Niveau 2

Milieu de CP

Niveau 3

Fin de CP

Achevé d'imprimer en Juin 2020
en Espagne par Unigraf
Depôt légal : Avril 2019 - Édition 03
72/3560/0

hachette ÉDUCATION